D1121662

Profecías toltecas

de

don Miguel Ruiz

PROFECÍAS TOLTECAS DE DON MIGUEL RUIZ

Mary Carroll Nelson

alamah AUTOAYUDA

De esta edición:

D. R. © Santillana Ediciones Generales, S.A. de C.V., 2006

Av. Universidad 767, Col. del Valle, México, 03100, D.F.

Teléfono (52 55) 5420 75 30. Fax (52 55) 56 01 10 67

www.alamah.com.mx

Argentina
Av. Leandro N. Alem, 720
C1001AAP Buenos Aires
Tel. (54 114) 119 50 00
Fax (54 114) 912 74 40

Bolivia
Avda. Arce, 2333
La Paz
Tel. (591 2) 44 11 22
Fax (591 2) 44 22 08

Colombia
Calle 80, nº10-23
Bogotá
Tel. (57 1) 635 12 00
Fax (57 1) 236 93 82

Costa Rica
La Uruca
Del Edificio de Aviación Civil 200 m al Oeste
San José de Costa Rica
Tel. (506) 220 42 42 y 220 47 70
Fax (506) 220 13 20

Chile
Dr. Aníbal Ariztía, 1444
Providencia
Santiago de Chile
Telf (56 2) 384 30 00
Fax (56 2) 384 30 60

Ecuador
Avda. Eloy Alfaro, N33-347
y Avda. 6 de Diciembre
Quito
Tel. (593 2) 244 66 56 y 244 21 54
Fax (593 2) 244 87 91

El Salvador
Siemens, 51
Zona Industrial Santa Elena
Antiguo Cuscatlan - La Libertad
Tel. (503) 2 505 89 y 2 289 89 20
Fax (503) 2 278 60 66

España
Torrelaguna, 60
28043 Madrid
Tel. (34 91) 744 90 60
Fax (34 91) 744 92 24

Estados Unidos
2105 NW 86th Avenue
Doral, FL 33122
Tel. (1 305) 591 95 22 y 591 22 32
Fax (1 305) 591 91 45

Guatemala
7ª avenida, 11-11
Zona nº 9
Guatemala CA
Tel. (502) 24 29 43 00
Fax (502) 24 29 43 43

Honduras
Colonia Tepeyac
Contigua a Banco Cuscatlan
Boulevard Juan Pablo,
frente al Templo Adventista 7º Día,
Casa 1626
Tegucigalpa
Tel. (504) 239 98 84

Panamá
Avda Juan Pablo II, nº 15. Apartado Postal
863199, zona 7
Urbanización Industrial La Locería -
Ciudad de Panamá
Tel. (507) 260 09 45

Paraguay
Avda. Venezuela, 276
Entre Mariscal López y España
Asunción
Tel. y fax (595 21) 213 294 y 214 983

Perú
Avda. San Felipe, 731
Jesús María
Lima
Tel. (51 1) 218 10 14
Fax. (51 1) 463 39 86

Puerto Rico
Avenida Rooselvelt, 1506
Guaynabo 00968
Puerto Rico
Tel. (1 787) 781 98 00
Fax (1 787) 782 61 49

República Dominicana
Juan Sánchez Ramírez, nº 9
Gazcue
Santo Domingo RD
Tel. (1809) 682 13 82 y 221 08 70
Fax (1809) 689 10 22

Uruguay
Constitución, 1889
11800 Montevideo
Uruguay
Tel. (598 2) 402 73 42 y 402 72 71
Fax (598 2) 401 51 86

Venezuela
Avda. Rómulo Gallegos
Edificio Zulia, 1º. Sector Monte Cristo.
Boleita Norte
Caracas
Tel. (58 212) 235 30 33
Fax (58 212) 239 10 51

Primera edición: enero de 2006

ISBN: 970-770-367-9

D. R. © Diseño de cubierta: Saúl Arellano Montoro.

Diseño de interiores: José Luis Trueba Lara.

Impreso en México.

Despierta, el cielo enrojece
Amanece
Los faisanes flamígeros
cantan
Las mariposas alzan el vuelo.

Él ha despertado.
En un dios se ha
transformado.

Tomado de los ritos de la
muerte en Teotihuacán

PREFACIO 11

SABIDURÍA TOLTECA 17

Un ser universal 20

Mente soñadora 28

Nosotros somos la luz 36

Domesticación humana 44

CUATRO PROFECÍAS TOLTECAS 51

Nacimiento del sexto sol 52

Dios despierta 60

La intuición guía nuestra vida 68

El amor crea el Cielo en la Tierra 76

REGRESO A LA VIDA 86

REFLEXIONES 90

Prefacio

Yo creo que cada persona que conocemos es, en potencia, un agente de nuestro futuro. Conocí a don Miguel Ruiz a principios de los noventa en Santa Fe, Nuevo México, donde él vivía entonces. Mi determinación de conocerlo creció cuando descubrí que ciertos artistas y otras personas, como sanadores y chamanes, poseen un tipo similar de creatividad. Por medio de entrevistas, conocí a individuos que habían experimentado un cambio abrupto y estremecedor en su vida, el cual les había dado nuevas percepciones. Entonces, ellos crearon una manera altruista de compartir su sabiduría con los demás. A estos sabios les llamé *artistas del espíritu* y comencé a escribir un libro titulado así. Cuando un colega artista me habló sobre Miguel, supe que algún día lo iba a entrevistar.

Cuando llegué a nuestra primera cita, él se disponía a dar un tratamiento curativo a una mujer que sufría de artritis severa y me permitió observar la sesión. Vi cómo este hombre pequeño y moreno con líquidos ojos cafés se enfocaba por completo en transmitir una energía que tuvo un efecto visible en su paciente. Ella estaba desesperada por recibir el tratamiento pues emprendería un largo viaje. Yo quedé impresionada por su notable alivio, pero también por la especie de trance en el que parecía encontrarse su sanador.

Justo después de que su cliente se retiró, bastante mejorada, Miguel y yo nos entrevistamos. Miguel presentía que iba a aparecer alguien que escribiría sobre él, y ahí estaba yo. De seguro, la media hora en que permaneció sentado muy cerca de mí y me tomó de la mano, bastó para que decidiera que no soy peligrosa, y así comenzó nuestra interacción de cinco años. El trabajo de Miguel estaba en expansión y viajaba con frecuencia. Nuestras entrevistas y revisiones de lo que yo había escrito debían ser muy espaciadas entre sí para poder encajar en su agenda. Justo mientras concluíamos el capítulo biográfico para *Artists of the Spirit*, él me preguntó si acaso yo consideraría la posibilidad de escribir un libro acerca de sus enseñanzas. Acepté con la condición de que sería una observadora y no una aprendiz. Creo que lo que más le agradó fue mi objetividad. Y así, dediqué varios años a sus enseñanzas y realicé con él dos viajes a Teotihuacán donde, a lo largo de la extensa Avenida de los Muertos, me enseñó el propósito de las pirámides. Después de años de colaboración, publicamos nuestro libro *Beyond Fear* en 1997.

Durante las múltiples charlas con Miguel, asimilé una cantidad considerable de sabiduría tolteca. De manera especial, me atrae la idea de que los seres humanos no sólo somos asombrosamente creativos, sino que con nuestra mente fértil y emociones variadas en verdad soñamos este mundo: maravilloso, hermoso e inspirador pero que, al mismo tiempo, es una pesadilla que engendra odio, enfermedad y calamidades en nuestro entorno, así como crueldad hacia los demás.

Miguel enseña que tenemos el poder de eliminar la pesadilla al controlar nuestro sueño. Cree que nos dirigimos hacia un despertar de la conciencia y un reconocimiento de nuestro propio poder creativo. Sus profecías traen esperanza. Colocan el futuro en nuestras manos y sustituyen las excusas de los argumentos sofisticados, el razonamiento académico y el pesimismo cínico con premisas básicas que demuestran la perfección de nuestra creación. Vinimos a la vida con todas las capacidades que necesitamos para crear el *Cielo en la Tierra*. Estas cuatro palabras, repetidas a menudo en nuestras conversaciones, permanecen siempre conmigo. Pienso en ellas mientras transcurre mi día. Miguel enfatiza que lo que nos ocurre no es tan importante como lo que experimentamos por dentro. Tal lección justifica la reflexión que este libro puede inspirar en tu interior. Creo que muchos lectores se sentirán animados por las *profecías toltecas* de don Miguel y por su comprensión tan clara de la sabiduría tolteca.

Sobre las profecías

Don Miguel Ruiz fundamenta su enseñanza en el concepto tolteca básico de que todo lo que existe es un ser viviente. Este ser viviente es todo lo que podemos y no podemos percibir. *Este ser viviente es el único que en verdad existe. Todo lo demás, incluida la humanidad, es una emanación de este grande y maravilloso ser.*

Según la ciencia moderna, todo lo que existe en el mundo es energía. La luz es energía y, en principio, todo es luz. En la tradición tolteca, a la información transportada por la luz se le llama *el conocimiento silencioso*, y todos somos recipientes de la luz. La fuente primaria de toda la información está en el centro del universo. En nuestra región del universo, la fuente está en el centro de la Vía Láctea, nuestra propia galaxia. De manera local, nuestra fuente es el Sol.

La primera parte de este libro describe aspectos que nos ayudarán a entender las profecías. Aprenderemos cosas sobre la anatomía del ser viviente, cómo se crea la realidad y cómo podemos trascender la pesadilla del Infierno en la Tierra. La segunda parte se dedica a las profecías toltecas en sí; las cuales, nos dice don Miguel, se están cumpliendo justo ahora porque el sueño del mundo se encuentra en transformación.

En el núcleo del conocimiento y la práctica espirituales de don Miguel está ayudar a otros a sustituir el temor con amor. A todos se nos ha inculcado un miedo que yace en la raíz de la realidad que percibimos a nuestro alrededor y que provoca enfermedad, guerra y alienación de la alegría, la cual es nuestro derecho de nacimiento.

En Occidente hemos vivido con el presagio de un gran Apocalipsis que nos sentimos incapaces de evitar. Somos presa de un miedo penetrante, y el miedo es la causa de la pesadilla que domina nuestro planeta.

Don Miguel Ruiz nos proporciona una profecía distinta y mucho más antigua sobre un futuro que depende por completo de nosotros. Él afirma que tenemos el poder de remplazar el miedo con un nuevo sueño del Cielo en la Tierra. La supervivencia de la raza humana depende de nuestra intención. Podemos enfocar nuestra intención en crear el futuro vibrante que deseamos, tanto de manera individual como colectiva. Las *profecías toltecas* llegan en un momento decisivo de la vida humana, pues hoy muchas personas de toda la Tierra despiertan a una conciencia expandida de su propio potencial. Don Miguel es un importante maestro para nuestra época.

Mary Carroll Nelson, 2003

SABIDURÍA TOLTECA

Yo no enseño nada.
Tan sólo recuerdo a los
demás lo que ellos
recuerdan saber.
El conocimiento que llevo
conmigo no es mío.
Está en todos y cada uno
de nosotros.

Don Miguel Ruiz

El sexto sol

El 11 de enero de 1992, el sexto sol salió, el color de la luz cambió, la vibración de la luz se hizo más rápida y suave, y nuestro metabolismo comenzó a procesar una calidad diferente de energía. Es difícil probar esta nueva energía lumínica en un laboratorio, pues la ciencia aún no considera la luz como ser viviente. Aunque hoy la luz es algo prácticamente indetectable para nuestra ciencia tan limitada, en su momento demostraremos que se trata de un ser biológico con inteligencia, y de la fuente de nuestra propia inteligencia.

Hoy, la luz del sexto sol intensifica la creatividad, imaginación e inteligencia humanas. ***Las profecías toltecas*** *nos ayudarán a entender el efecto que este cambio lumínico tendrá en la humanidad, y cómo podemos adaptarnos a los cambios que producirá esta nueva y sorprendente luz.*

Un ser universal

La materia, la mente y el alma de los humanos son multidimensionales, pero nuestro espíritu es unidimensional. Como somos seres vivientes multidimensionales, cada uno percibe miles de cosas de manera individual. Pero como nuestro espíritu es unidimensional, todos como colectividad percibimos miles de cosas de manera simultánea.

En la materia, descubrimos que nuestro cuerpo se compone de billones y billones de minúsculos seres vivientes a los que llamamos *células*. Cada célula es un individuo al que podemos sacar de nuestro cuerpo y poner en un laboratorio, y aún así permanecerá vivo. Al mismo tiempo, no dejará de constituir una parte de nuestro cuerpo. Una célula del hígado no es consciente de que forma parte de un ser completo. No sabe que, junto con las demás células que hay en hígado, cerebro, corazón, huesos y el cuerpo, ayuda a formar un ser humano viviente e individual.

Todos los seres humanos formamos un ser viviente que a su vez constituye un órgano del planeta Tierra. Cada humano es a la Tierra lo que una célula individual es a un cuerpo humano. Las células viven y mueren de manera continua en nuestro cuerpo al igual que los humanos nacemos, maduramos y morimos. Este constante reaprovisionamiento de humanos mantiene vivo el órgano humano de la Tierra. De manera similar pero en diferentes escalas temporales, este mismo proceso en que la vida física da paso a la muerte física ocurre en todo el universo.

La vida en la Tierra y toda la demás se divide en órganos. Un individuo humano constituye una parte del órgano llamado *humanidad.* La totalidad de los humanos formamos un órgano del planeta Tierra el cual, al igual que un cuerpo humano, tiene vida y metabolismo propios. Este hermoso ser viviente posee varios órganos: atmósfera, océanos y bosques constituyen un órgano cada uno. Todos los animales juntos conforman un órgano y, aunque a menudo no nos damos cuenta, los humanos nos comunicamos con los demás órganos de la misma manera en que el hígado se comunica con el corazón y el cerebro.

Cada planeta es un órgano del gran ser viviente. Juntos, el Sol y todos los planetas conforman un solo ser. Cada unidad, desde un electrón hasta una galaxia, es un ser individual unido a seres más grandes.

ser

El planeta Tierra es un órgano del sistema solar, el cual tiene el Sol al centro y todos los planetas, lunas y otros satélites en órbita alrededor suyo. El sistema solar también es, a la vez, un ser viviente individual regido por el Sol y una partícula del gigantesco ser al que llamamos *universo*.

Un átomo, con los electrones en órbita alrededor de su núcleo, forma otro sistema solar, lo cual establece una analogía entre átomos y sistema solar. Nuestro cuerpo se compone de millones de átomos, cada uno de los cuales es un sistema solar en miniatura. Aunque en el universo hay billones de estrellas y cada una es un ser viviente, todas juntas conforman un ser viviente. Los toltecas entendieron bien estas analogías y similitudes, reflejadas en diferentes realidades de todo el universo.

¿Quiénes somos? ¿De dónde venimos?

Un cuerpo humano no es más que una pieza de una cadena dentro de la enorme máquina biológica que es el universo. Así como un átomo del cuerpo humano está en constante comunicación con el cerebro, esta cadena se comunica con todo lo que existe en el universo. *Nosotros somos todo lo que es.*

Desde una perspectiva material, somos todo lo que perciben nuestros ojos y oídos. Pero no sólo somos materia. También somos lo que sentimos: enojo, celos, tristeza, felicidad y amor. Estas emociones de la vida humana proporcionan evidencias de otra dimensión energética. Nosotros llamamos a estas emociones *energía etérea*. La energía material puede detectarse y demostrarse por métodos científicos. La energía etérea no puede demostrarse dentro de los límites de la ciencia convencional. No podemos demostrar la existencia del odio o el amor, pero sí experimentar sus efectos. La energía emocional es energía etérea.

La energía está viva, al igual que todo lo que existe. La energía etérea, que es un ser viviente en sí, incluye nuestras emociones, que también están vivas. Nuestro pensamiento está vivo. Y vivos están todos nuestros pensamientos y sentimientos: *ellos son nosotros*. Nuestra mente crea billones de emociones y, así como nuestras células crean nuestro cuerpo, nuestras emociones crean nuestra mente, hecha de energía etérea.

Nuestra mente está formada por nuestras emociones. Todo lo que percibe tiene un componente emocional. Cuando la luz de variadas frecuencias choca con objetos materiales, se refleja en nuestros ojos. El cerebro traduce estas imágenes lumínicas de energía material como materia, y lo que crea la mente lo percibimos como realidad. Pero, en verdad, esta realidad es sólo un sueño. Nosotros soñamos las 24 horas del día, ya sea que nuestro cerebro esté despierto o dormido.

El cerebro puede intercambiar ambas energías, tiene la capacidad de transformar la energía material en energía etérea. Nosotros creamos ideas y éstas son energía etérea.

Cuando el cerebro convierte la energía etérea en palabras habladas y escritas, nos manifestamos en el mundo material que soñamos en nuestra mente. La mente crea la imaginación y la imaginación los sueños. Las antiguas maneras de soñar la realidad nos conducen al sufrimiento y al dolor emocional. Esto nos ocurre a todos. Sufrimos cuando tememos perder lo que somos y lo que tenemos.

El cambio puede
empezar con una
sola mente.

En la tradición tolteca, nuestros esfuerzos se encaminan a alejar nuestra conciencia personal de la vieja pesadilla que ha soñado nuestro planeta para dirigirla hacia un nuevo sueño, el del Cielo en la Tierra. Sin embargo, esa vieja pesadilla tiene miles de años de antigüedad y está profundamente arraigada en la mente de todos los humanos. Un sueño es un ser viviente, un arcángel que vino del Sol. El viejo sueño cree que es real y teme morir. Trata de proteger su existencia al crear miedo en la mente humana.

Hoy, el espíritu nos impulsa a cambiar el sueño. Cuando entramos en el sexto sol, éste nos dio la oportunidad de efectuar este cambio en el sueño. Más que una oportunidad, fue una orden del Sol que nos decía que eso debe ocurrir.

Mente soñadora

La función de nuestra mente es soñar durante las 24 horas del día. Despiertos o dormidos, soñamos con la mente y no con el cerebro. Sin embargo, el cerebro sabe que la mente sueña.

El sueño despierto tiene una estructura material. Cuando dormimos, el sueño también parece tener una estructura. Cuando estamos despiertos, nuestra mente se ve afectada por ciclos de energía a lo largo del día y conforme cambia la luz, y este ritmo da a la mente una noción del tiempo y el espacio. Cuando dormimos, no percibimos energía del exterior sino que la mente sueña imágenes, las cuales incluyen una de nuestro propio cuerpo. En un sueño, podemos hablar, ver e incluso volar. Cuando soñamos, no sabemos que estamos dormidos.

Hay algo que conecta el sueño interior con el exterior. Ese algo es la *razón,* parte de la mente que intenta calificar y entender todo. La razón quiere decidir qué es real y qué no lo es: nos produce la ilusión de que el sueño es real, siempre y cuando se encuentre dentro del marco material que percibimos como realidad. No notamos que siempre interpretamos la realidad de acuerdo con el sueño que nos envuelve en ese momento.

Todos los humanos formamos un órgano de la Tierra, pero éste existe en una dimensión distinta a la de nuestro cuerpo. Nuestro cuerpo es una parte de la dimensión material que podemos tocar. Nuestra mente existe en la dimensión etérea de pensamientos y sentimientos. Así como nuestros pensamientos e ideas crean una mente individual, la unión de todas las mentes crea la mente del planeta Tierra, y ésta también vive en un sueño. Este sueño colectivo incluye los sueños de nuestra familia, comunidad, ciudad, estado, país, continente y, por último, el sueño de todo el planeta.

El sueño es diferente en cada uno de estos niveles. Por ejemplo, si visitamos otro país, descubriremos que su sueño es diferente al de nuestro país pero también está vivo. Aunque el sueño de China es diferente al de Persia, todos los sueños tienen algo en común. En todas partes del mundo la gente sufre, lucha e infunde veneno en sus interacciones. Aunque se trata de un veneno etéreo y no físico, de todos modos afecta el cuerpo. Los venenos que llamamos *enojo, odio, tristeza, celos, timidez*, etcétera, provienen de la misma energía etérea que controla el sueño del planeta: el miedo.

sueña

El miedo es el diablo, el gran demonio en el sueño del planeta. Nuestras interacciones con los demás se basan en el miedo, sea de persona a persona, de sociedad a sociedad o de nación a nación. La manera en que soñamos el miedo es autodestructiva. Nos destruimos como individuos y como sociedad.

No importa a dónde vayamos, siempre encontraremos que la gente tiene un juez y una víctima en su mente. Todos encuentran culpa en ellos mismos y en otras personas. Cuando nos sentimos culpables, necesitamos que nos castiguen. Cuando otros son culpables, necesitamos castigarlos. Ésta es una función del miedo.

La víctima es esa parte de la mente que dice: "Pobre de mí. No soy lo bastante bueno. No soy lo bastante fuerte. No soy lo bastante inteligente. ¿Cómo podré sobrevivir? ¿Por qué debería siquiera intentarlo? Sólo soy humano". De este modo, cada paso que das está cargado de miedo. Ésta es la manera en que los humanos hemos aprendido a soñar. Ésta es una función del miedo.

Vivimos en la pesadilla del Infierno. Los miedos de una mente humana se hacen más grandes cuando se proyectan fuera. Nuestra comunidad es una sociedad que sueña miedo, injusticia y castigo. Nuestros adolescentes se matan entre sí y nosotros hallamos odio en todas partes del mundo. Incluso nuestras formas de entretenimiento están manchadas de violencia.

La pesadilla del Infierno es una enfermedad de la mente humana. Todo el mundo es un hospital.

El Cielo es justo lo opuesto al Infierno. Es un lugar de alegría, amor, paz, comunión y comprensión donde no hay jueces ni víctimas. En el Cielo hay claridad. Ahí sabemos lo que somos. Ya no nos culpamos ni culpamos a los demás. Un sueño es un ser viviente. Estemos en el Cielo o el Infierno, creamos el sueño y el sueño crea nuestra vida. Pero en cualquier momento somos libres de abandonar la pesadilla y soñar el Cielo.

El sueño del planeta es el mismo para todos. Cuando despertemos del sueño del planeta y de nuestro propio sueño, descubriremos que lo que creíamos verdadero no es sino información en nuestra mente que puede cambiarse con facilidad. Nos resistimos al cambio porque tenemos miedo. El miedo controla nuestra vida. El miedo controla la pesadilla del Infierno.

Desde fuera del planeta, podemos ver que la evolución de la raza humana es similar a la vida de cualquier ser viviente en particular que nace, crece y se reproduce para luego transformarse. En realidad, todo es indestructible: no muere, sólo se transforma.

El progreso de la evolución tiene cierta lógica. Del mismo modo en que un ser humano cambia, el ser viviente que formamos todos los humanos también cambiará.

Las *profecías toltecas* tratan sobre el cambio del sueño, y el sexto sol ha venido para acelerar ese proceso.

Todo lo que vemos no es sino luz reflejada desde los objetos. La percepción es un milagro que demuestra nuestro poder de crear la realidad exterior. Nosotros creemos *percibir* el mundo natural, pero en realidad lo *creamos* en nuestra mente y nuestro cerebro.

El verdadero núcleo de un ser humano es un rayo personal de luz que está conectado con el Sol. Por medio de esta luz, el Sol se entera de todo lo que sucede con cada ser humano. Cualquier cambio que ocurra en un ser humano individual afecta al Sol, y su respuesta afecta al resto de la humanidad. Éste es el proceso de la evolución humana.

Nosotros somos la luz

Cambiar el sueño implica venir a la luz, liberarla, verla desde varias direcciones.

Nuestro cuerpo es luz, pero condensada. Nuestra mente es luz. Nuestra alma es luz en diferentes manifestaciones. La luz percibe luz en cualquiera de las dimensiones. Es por ello que podemos percibir con los ojos, pero también con la mente, el alma y el espíritu.

¿Qué es el espíritu? Yo lo llamo *designio*. Designio, espíritu, Dios... nombres para la misma energía. Una propiedad de la energía del designio es que hace posible cualquier cambio o transformación. Dios es designio. Dios es espíritu. Dios es Dios. Dios es luz. Dios es tu verdadero yo. Dios es mi verdadero yo.

La energía o luz es la primera manifestación del designio, de Dios o del espíritu. Todo está vivo gracias a Dios, gracias a ti. Tú no eres tu cuerpo, tus células, tu mente ni tu alma. Tú eres luz. Eres vida. Tu esencia es la luz y la luz está en todas partes.

La luz es un ser viviente, tiene billones de vibraciones diferentes, lleva toda la información para cualquier tipo de vida en el planeta Tierra. La madre Tierra transforma la información en la luz del padre Sol para crear vida. El ADN de cada una de nuestras células es un rayo del Sol al que la madre Tierra ha condensado en materia.

A la información transportada por la luz se le conoce como *conocimiento silencioso*. El conocimiento silencioso se almacena y transmite en el ADN; por lo tanto, nuestro cuerpo contiene los códigos de tal sabiduría.

Todo el conocimiento que existe está en la luz. La luz es la manera en que se comunican entre sí desde los átomos hasta las estrellas.

Cada ser humano tiene una frecuencia de luz que siempre está conectada con el Sol, del mismo modo en que un río está conectado con la Tierra. Si cambiamos nuestra perspectiva, es posible que veamos ese río de luz como algo sólido, de la misma manera en que vemos una mano como algo sólido. Si cambiamos nuestro punto de vista a un tiempo y un espacio más pequeños y rápidos, ya no veremos esa mano como algo sólido. En cambio, podremos ver todos los átomos y electrones como un campo de energía que se mueve y no es sólido. Al igual que cualquier río, el río de luz fluye. Se mueve y cambia de manera constante.

luz

Todos estamos conectados al mismo Sol. El universo entero sabe lo que ocurre en cualquier parte porque la comunicación es instantánea. Desde nuestra perspectiva material, la velocidad de la luz es de 186 000 millas por segundo, la cual consideramos como la velocidad más alta posible. Pero, en realidad, existe una cualidad de la luz miles de veces más rápida que nuestra capacidad de medirla. Esta cualidad es la que permite la comunicación instantánea en todo el universo y entre todos sus órganos.

Todo lo que vemos no es sino luz reflejada desde los objetos. La luz da a los objetos una forma aparente. Hemos aceptado nuestras percepciones visuales de la realidad como la verdad, pero esta verdad deriva de un acuerdo o consenso del que formamos parte. La percepción es un milagro que demuestra nuestro poder de crear la realidad exterior. Aunque *percibamos* el mundo natural, en realidad lo hemos *creado* en nuestra mente y nuestro cerebro.

Tan pronto como interpretamos lo que vemos, descubrimos que cada uno de nosotros hace una interpretación diferente de la realidad. Esto se debe a que cada uno sueña un sueño distinto. Cada uno tiene su propio sueño, el cual se basa en lo que hemos acordado creer.

El verdadero núcleo de un ser humano es un rayo personal de luz que está conectado con el Sol. Por medio de esta luz, el Sol se entera de todo lo que sucede con cada ser humano. Cualquier cambio que ocurra en un ser humano individual afecta al Sol, y su respuesta afecta al resto de la humanidad.

Una vez que encontremos nuestro rayo personal de luz, podremos cambiar nuestro punto de vista respecto al Sol y ver a toda la raza humana al mismo tiempo. Yo enseño a mis aprendices a encontrar ese rayo de luz que los conecta con el Sol. Cuando logran hacer esto, el conocimiento silencioso entra en su mente y empiezan a conocerlo, sin pensar ni temer. Los humanos que pueden hacer esto son profetas que señalan a otros el camino.

Pide despertar del viejo sueño del planeta. Prepárate para salir del Infierno. Empieza a imaginarte el Cielo en la Tierra.

Todos somos animales que fueron domesticados por otros animales, otros humanos. Fuimos domesticados de la misma manera en que domesticamos a los perros, mediante premios y castigos. Domesticamos a nuestros hijos de la misma manera en que fuimos domesticados. Tememos que nos castiguen y no obtener el premio.

Domesticación humana

Imagina mil computadoras nuevas e idénticas, todas vacías de información. Tan pronto como pongamos información en estas computadoras, cada una será diferente.

Nuestra mente es una máquina biológica que semeja a las computadoras. Cada ser humano posee información diferente, la cual depende de su experiencia personal. Cada uno ha aprendido de manera diferente lo que le enseñan sus padres, sociedad, escuela y religión. La información que añadimos a nuestra computadora es lo que nos dice cómo interpretar lo que percibimos.

Cada computadora humana tiene un nombre, pero un nombre es sólo un acuerdo pactado. En realidad yo no soy un ser humano llamado Miguel Ruiz. Tú tampoco eres un ser humano. Tan sólo acordamos que somos humanos. Todo lo que ponemos en nuestras computadoras es un acuerdo. No es algo necesariamente bueno o malo ni correcto o incorrecto. Sólo es información. Nosotros percibimos el mundo y lo llamamos *realidad* con base en tal información. Y dicha información es la fuente de nuestras limitaciones. Creamos imágenes de nosotros mismos y de todo lo demás. Entonces queremos creer en esas imágenes. El proceso de agregar información a la computadora es lo que llamo *domesticación*.

Todos somos animales que fueron domesticados por otros animales, otros humanos. Fuimos domesticados de la misma manera en que domesticamos a los perros, mediante premios y castigos. Domesticamos a nuestros hijos de la misma manera en que fuimos domesticados. Tememos que nos castiguen y no obtener el premio. Creamos imágenes de nosotros mismos para complacer a otras personas. Queremos ser lo bastante buenos para complacer a mamá, papá, el maestro, la sociedad, la iglesia y Dios. Nuestra conducta depende de la imagen que hemos creado de nosotros mismos, con todas esas limitaciones. Nos importa mucho lo que otros piensen de nosotros. Guiamos nuestra vida tomando como referencia opiniones ajenas. Tratamos de complacer a todos, menos a nosotros mismos.

Cuando nos castigan, se nos crea una sensación de injusticia que abre una herida en nuestra mente. Esa herida crea veneno emocional. Sentimos ese dolor en nuestro corazón como un sufrimiento emocional, no físico. Desde esta herida, el veneno etéreo se filtra en nuestra mente. Aparece el

creencia

miedo, el cual empieza a controlar nuestra conducta. Tememos que nos castiguen y no obtener una recompensa. La recompensa se convierte en una señal de aceptación. La domesticación desencadena una lucha interior por parecer dignos de recompensa a ojos de los demás. La domesticación se vuelve tan poderosa que ya no necesitamos que nadie nos domestique, pues nosotros mismos nos ocupamos de ello al castigarnos y, a veces, premiarnos nosotros solos.

Los tres componentes de nuestra mente participan activamente en la autodomesticación. En primer lugar, el juez de nuestra mente juzga lo que hacemos. Después, la víctima es sometida a juicio y, por lo regular, el juez la encuentra culpable. La víctima necesita que la castiguen. La tercera parte de la mente involucrada en esto es el sistema de creencias que nos han enseñado, el cual incluye reglas sobre cómo debemos soñar nuestros sueños. Este sistema es una especie de constitución o libro sagrado en el que todo lo que creemos sin reflexión es nuestra verdad. Yo llamo a este sistema de creencias el *Libro del Infierno*. Nosotros podemos cerrar este libro infernal al pedir despertar del viejo sueño del planeta. Podemos salir del Infierno y comenzar a imaginarnos dentro del Cielo en la Tierra.

Una chica de 11 años pronto tendrá su primer periodo y se convertirá en mujer. Existe todo un universo que opera dentro de su cuerpo, incluidos órganos, sangre, nervios, cerebro y todos los sistemas comunicativos que operan entre sistemas. Cuando algunos órganos de esta joven cambian, el cerebro se entera de ello e impulsa a otros a crear ciertos tipos de hormonas para completar el ciclo. Al fin y al cabo, el cerebro controla el proceso de maduración.

El proceso de maduración de una mujer es comparable con el de toda la raza humana. Podemos decir que cuando la Tierra está lo bastante madura, envía un mensaje al Sol, que reacciona y envía su mensaje para desencadenar un cambio en la humanidad. Cuando ocurran ciertas transformaciones en cuerpo, mente y alma de algunos humanos, el Sol cambiará la calidad de la luz que transmite al enviar un mensaje distinto al órgano humano de la Tierra. A su vez, este cambio hará que toda la humanidad se transforme.

Desde el nacimiento del sexto sol, la humanidad por fin está lista para dejar la niñez y madurar. Estamos listos para dejar atrás nuestra domesticación. Tenemos más claridad. Nuestra manera de soñar está en proceso de cambio. El temor era necesario para promover el crecimiento de la razón y la mente. La razón ha preparado la mente para la intuición, una conexión más directa con el espíritu.

espíritu

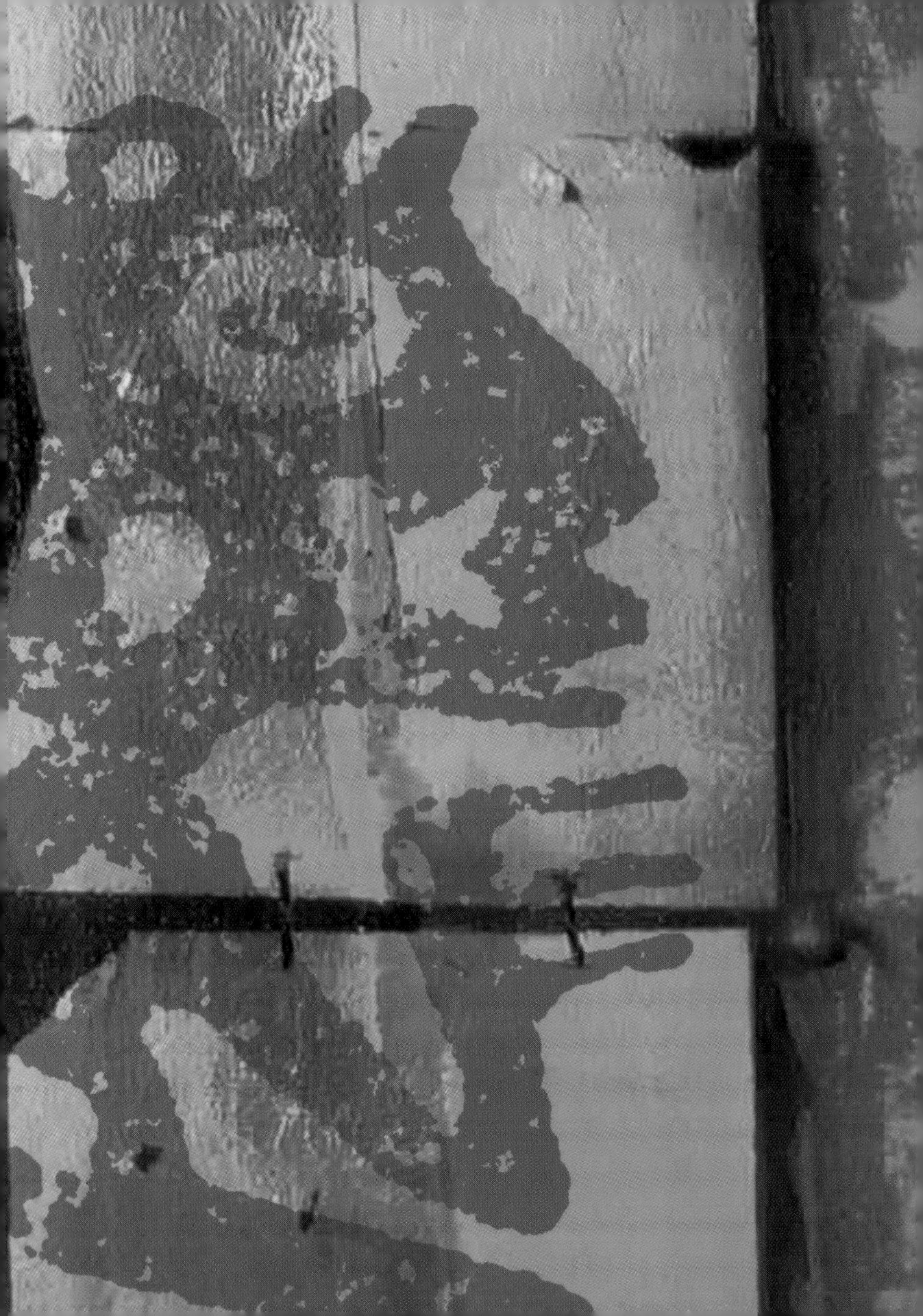

LAS CUATRO PROFECÍAS

De acuerdo con el calendario tolteca —que es también el calendario maya y azteca— ha habido cinco soles anteriores al que ahora existe. Estas profecías decían que ocurriría un enorme terremoto en Tenochtitlán, la ciudad más grande de México. En 1986, dicho terremoto azotó la Ciudad de México, que es la moderna Tenochtitlán. Los antiguos toltecas predijeron que después del temblor habría un periodo de cinco años de receso antes de nacer el nuevo Sol. El 11 de enero de 1992 llegó el nuevo Sol, y desde entonces ha producido un gran cambio en todos los humanos.

Profecía uno

Nacimiento del sexto sol

El nacimiento del sexto sol engendró una evolución de la humanidad. Nuestra mente está en un proceso de cambio. Nos estamos haciendo conscientes de que vivimos en un sueño y lo controlamos. De manera instintiva, rechazamos una calidad de luz y aceptamos otra; a medida que hacemos esto, modificamos nuestra conexión con el Sol. No necesitamos trabajar para que esto ocurra. Ya ocurre. Todas las modificaciones se originan en el Sol porque éste tiene una inteligencia suprema. Los humanos de todo el mundo han reconocido esto. Los antiguos egipcios adoraban a Ra, el dios sol. En Teotihuacán también sabían que el Sol controla la Tierra. Eran conscientes de que cada cierto tiempo la vida en este planeta cambiaba cuando el Sol lo hacía.

El sexto sol tiene una calidad de luz diferente y está transformando el sueño del planeta Tierra. También transformará la mente humana al hacerla más consciente de lo que es, una luz conectada con el Sol. Como individuos, aceleraremos nuestra propia evolución si tan sólo nos abrimos a la nueva luz, le permitimos que fluya con libertad en nuestro interior y nos convertimos en quienes de verdad somos.

La entrada del sexto sol me ha cambiado de manera personal... yo creía que tenía una misión y un destino especiales, pero en el momento que entró la luz del nuevo sol, todo desapareció. Ya no había misión. Ya no había hombre. Ya no había vida. Me sentí completamente lleno de alegría, paz y amor interiores. Ya no tenía que justificar nada ante mí mismo ni ante nadie más. El significado de mi trabajo cambió. Ya no sentía que tuviese un regalo especial que dar a los demás. Yo había pensado que era un trabajador de Dios y que él me había enviado aquí por una razón. Eso ya no es verdad para mí.

Desde aquel día en particular veo el mundo de manera diferente. Lo veo sin juicios. El resultado es sorprendente. No me preocupo por el planeta. No me preocupo por la naturaleza. No me preocupo por otras personas, la guerra, un tornado o que alguien me dispare. Sé que todo lo que pasa debe pasar. Todo es como debería ser y yo confío en ello al 100 por ciento.

nacimiento

Veo un mundo con justicia. Nosotros ya estamos en un mundo de justicia. En este nuevo estado mental, puedo ver todas las pesadillas que hemos creado en este mundo. Es fácil entender que el sufrimiento emocional y físico de los humanos proviene de lo que hemos creado.

Después de aquel día, pude verme como un niño de dos años que jugaba todo el tiempo y se divertía. Cuando yo tenía dos años, no podía ver el mundo de injusticia. Entonces no sabía que la manera en que sueñan los humanos es una pesadilla.

La verdadera felicidad consiste en saber, *sin* la inocencia de la niñez, que éste es un mundo de justicia. No podremos eliminar la pesadilla si conservamos la inocencia de la niñez. Debemos entender el sueño del Infierno para salir de él lo antes posible.

Todos los maestros de la Tierra tratan de decirnos lo mismo: tenemos algo maravilloso en nuestro interior y nos podemos abrir a ello. La mente es un ser viviente. La mente come y digiere las emociones que vienen a través de las ideas. A medida que más maestros hablen del conocimiento silencioso, habrá más humanos que ingieran estas ideas.

Ésta es la profecía para la nueva humanidad. *Los seres humanos sabrán quiénes son.*

ucia

Nosotros
somos Dios
que sueña que
no somos
Dios.

Ríndete. Todo pasa porque debe pasar. Nuestra tarea es disfrutar más nuestra vida y expresar lo que hay en nuestro interior para que surja la nueva humanidad. Si tenemos odio en nuestro interior, compartiremos odio. Si tenemos tristeza, compartiremos tristeza. Sólo podemos compartir felicidad cuando somos felices. No podemos compartir amor a menos que nos amemos a nosotros mismos primero.

Profecía dos

Dios despierta

Los profetas dijeron que cuando llegara el sexto sol, Dios despertaría de su sueño. Esto significa que nosotros somos Dios que sueña que no somos Dios. El día en que el soñador despierta y se convierte en Dios es el día de la resurrección. Primero, debemos tomar conciencia de que estamos dormidos. Entonces podremos despertar.

Aunque este despertar tardará al menos 200 años en completarse, desde 1992 se ha acelerado el proceso y muchos de nosotros hemos sentido su efecto en nuestra vida. Ésta es la generación que ha iniciado el despertar y tú formas parte de ella.

Lo que necesitamos hacer es rendirnos. Todo pasa porque debe pasar. Nuestra tarea es disfrutar más nuestra vida y expresar lo que hay en nuestro interior para que surja la nueva humanidad. Si tenemos odio en nuestro interior, compartiremos odio. Si tenemos tristeza, compartiremos tristeza. Sólo podemos compartir felicidad cuando somos felices. No podemos compartir amor a menos que nos amemos a nosotros mismos primero.

No entendemos por qué sufrimos. Y aunque no nos damos cuenta de que tenemos opción, EN VERDAD la tenemos. No somos del todo responsables por el viejo sueño, pues ya estaba aquí cuando nacimos. A pesar de esta pesadilla tan horrible, intentamos hacer de éste un lugar mejor para nuestros hijos. El sueño del planeta ha evolucionado a lo largo de milenios, de modo que está en transformación y su tendencia es hacia algo mejor. Sin embargo, aún es una pesadilla y aún es el Infierno.

Nuestra tarea en esta vida es librarnos del viejo sueño. No podemos darnos el lujo de esperar a que el nuevo sueño se convierta en intrepidez. Debemos actuar por nosotros mismos.

Así como no podemos cambiar nuestro propio sueño sin experimentar resistencia, el sueño del planeta no cambiará sin resistencia. El comienzo de un nuevo sueño ya se encuentra aquí y está en crecimiento, pero el viejo quiere aferrarse a la culpa, el enojo, el juez y la víctima. El patrón humano de crecimiento espiritual es como una guerra despierto

interior donde nos enfrentamos a nosotros mismos, que solemos ser nuestro juez más severo.

Cada uno de nosotros experimentará una crisis de rendición, pero después aumentará nuestra capacidad de amar. Y a medida que esto ocurra en los individuos, ocurrirá también en toda la humanidad.

Sin embargo, enfrentaremos tentaciones continuas. Otros seres vivientes nos tentarán a regresar al viejo sueño, y para ello tratarán de manipular nuestras emociones. Jesús nos mostró cómo resistir las tentaciones con amor: no es cuestión de intentar detener las emociones de rabia sino de permitir que fluyan a través de nosotros.

Todos nuestros libros proféticos describen la resistencia del sueño del planeta durante el periodo de cambio. La predicción de los horrores se relaciona con los miedos que genera la resistencia al cambio. Durante los últimos 50 años, la raza humana ha tratado de destruirse a sí misma por miedo, pero ha fracasado. La humanidad ha estado en caos, pero el viejo sueño ya está roto y la resistencia ha disminuido.

En el *Apocalipsis* de la Biblia, Juan habla de los *siete sellos*. En la época de sus escritos, las cartas se sellaban con cera. Resulta simbólico que el sello debía romperse para leer la información que había dentro. Cada sello roto en el *Apocalipsis* incrementa nuestra conciencia de las modificaciones que experimentará la Tierra por vía de la luz del Sol.

Pero no hay razón para temer a los cambios.

Incluso si nuestro cuerpo muriese en algún desastre predicho, no hay razón para temer. Nuestro cuerpo morirá de todos modos. La muerte no es sino transformación. No escuches a los profetas del miedo. No dejes que te guíen. El viejo sueño del planeta tratará de preservarse mediante el miedo.

Hoy, el espíritu nos impulsa a cambiar nuestro sueño y el sueño del planeta. Cuando entramos en el sexto sol, éste nos dio una oportunidad para efectuar este cambio en el sueño. Más que una oportunidad, fue una orden del Sol que nos decía que eso debe ocurrir.

La intuición regirá el siguiente periodo. La intuición implica confiar. Es conocer sin pensar, sin dudar.

Una vez conscientes de que estamos conectados de manera directa con el Sol, podemos sugerir una conducta a otros órganos de la Tierra. La intuición nos conecta con nuestro rayo personal de luz. Es por ello que una oración es tan poderosa cuando esperamos una respuesta.

Profecía tres

La intuición guía nuestra vida

El patrón cíclico del sueño de la humanidad consta de tres etapas. En la primera, que es el tiempo más oscuro, la razón controla al sueño. En la segunda, la razón y la intuición se mezclan. Esto conduce a un rápido periodo de crecimiento y transformación. En la última ocurre la destrucción del viejo sueño para dar paso a su reconstrucción. Hoy nos encontramos casi al final de la etapa en que se mezclan razón e intuición.

Los siguientes 200 años serán una época de crecimiento en que las transformaciones ocurrirán cada vez más rápido. Luego habrá un periodo de tres o cuatro mil años de paz hasta que inicie un nuevo ciclo.

La intuición regirá el siguiente periodo. La intuición implica confiar, conocer sin pensar, sin dudar. Es la parte del ciclo en que nos encontramos. Hoy, la razón, controladora del falso sueño, se ha transformado en intuición para quienes ya han cambiado.

Creemos ser la especie más inteligente de la Tierra, pero sólo somos una partícula de la inteligencia universal. Las ideas que consideramos propias en realidad ya existen cuando nos hacemos conscientes de ellas y creemos que las *pensamos*. A medida que evolucionemos, intuiremos las ideas directamente desde donde se almacenan en la naturaleza.

Una vez conscientes de que estamos conectados de manera directa con el Sol, podemos sugerir una conducta a otros órganos de la tierra. Es la manera en que los chamanes controlan la lluvia. No lo hacen con su *razón* sino con su *intuición*. No pueden conectarse con la razón porque ésta siempre encuentra un motivo para no creer en sí misma. La intuición nos conecta con nuestro rayo personal de luz. Es por ello que una oración es tan poderosa cuando esperamos tener respuesta. Por lo regular, la respuesta a nuestras plegarias no es la que espera la razón.

Cuando nos conectamos y observamos de una manera chamanística, no es nuestra personalidad la que provoca los cambios, sino el Sol. Para el Sol todo es posible.

Esto es igual para cada uno de nosotros. No necesitamos *esperar* lo que ocurre. No necesitamos *hacer* que

razón

algo ocurra. Tan sólo pedimos y observamos. El Sol, con su inteligencia superior, creará la respuesta. ¿Cómo podemos dudar de nuestro destino personal? Ya no hay lugar para dudas.

El conocimiento es una limitación, una barrera para la felicidad, una descripción del sueño, y lo que soñamos no es real. Por lo tanto, el conocimiento no es real. Sin embargo, el conocimiento parece algo valioso porque lo usamos para comunicar e intercambiar nuestras ideas y emociones. El problema es que, si ponemos en nuestra computadora personal todo el conocimiento que hemos acumulado y basamos nuestras acciones en él, nos impedirá trascender sus limitaciones. El conocimiento intenta convencer a nuestra razón de que la trascendencia no es posible. Necesitamos atravesar el río del conocimiento para llegar a la intuición.

Nuestro conocimiento cancela nuestra intuición. La intuición nos guía a la verdad. La verdad está viva.

Lo que marcará la diferencia en la transformación que se aproxima es lo que se crea en la mente. En un futuro lejano, a quienes ahora llamamos humanos vivirán en una parte diferente del universo. Quienes permanezcan aquí tendrán un nuevo tipo de energía. No creo que los humanos de esa época tengan un cuerpo como nosotros. Creo que vivirán en los océanos. Hoy existen dos especies en los océanos que empiezan a soñar como los humanos.

La importancia de las profecías radica en que ya estamos en transformación. Ya vivimos un nuevo sueño. Nos estamos convirtiendo en nuevos seres, en nuevos humanos.

El amor es lo
opuesto del miedo.
El amor es ese
fuego que no
destruye.
El miedo es el
fuego que quema
todo lo que toca.

El amor de otras personas puede despertar el nuestro, pero es nuestro propio amor lo que nos hace felices. Ese amor es nuestra verdad. Es nuestra libertad. Ese amor transformará el viejo sueño en el nuevo sueño del Cielo en la Tierra.

Profecía cuatro

El amor crea el Cielo en la Tierra

Hoy, el amor crea la transformación más grande en el mundo humano. Durante miles de años, los humanos hemos reprimido el amor. Olvidamos lo que significa.

Cuando decimos: "Te necesito", no es amor sino posesión. Si sentimos celos y queremos controlar a otra persona, no es verdadero amor. El amor posesivo es como cualquier otra necesidad del cuerpo humano. Imagina que pasaras una semana sin comer. Sentirías que mueres de hambre. Y si alguien te diera una probada de pan, tú sentirías: "Necesito este pan. Amo este pan". Enamorarse es algo así.

Cuando teníamos cuatro años, nuestro cuerpo emocional estaba hecho del amor que percibíamos. Pero luego comenzaron la domesticación y el miedo. El miedo tomó el lugar del amor. Cada vez que empezábamos a expresar nuestro amor, algo en nosotros lo reprimía. Nos sentíamos heridos y empezamos a temer al amor. Limitamos nuestro amor a unas cuantas personas. A otras les decíamos: "Yo te amo, PERO SÓLO SI ... ". Esto significaba: "Yo te amaré si me dejas controlarte". Al igual que las drogas, este amor crea una fuerte dependencia.

En una relación humana, una parte suele tener más necesidad de amor que la otra, y aquélla le da poder a ésta. Es como la relación entre un drogadicto y su proveedor. El que da amor tiene el control total y puede manipular a la persona mediante el miedo. Un corazón roto es como un drogadicto que no puede proveerse de droga. Provoca las mismas emociones. Es muy común temer al amor porque por un pequeño placer se paga un alto precio.

Durante los últimos 50 años, la institución del matrimonio ha cambiado tanto que casi ha sido destruida. Estos cambios debían suceder como parte del proceso de purificación y liberación de todas las emociones y miedos presentes en las relaciones. El matrimonio se renovará de modo que ya no exista la necesidad de controlar a otra persona. Se basará en el respeto. Las mujeres tendrán el derecho de ser ellas mismas por completo. Los hombres tendrán el derecho de ser ellos mismos por entero.

amor

Cuando todos respetamos el sueño de los demás, no hay conflictos. Cuando no tengamos miedo de amar ni estipulemos condiciones para nuestro amor, todo cambiará. Hoy hay poco respeto. Si yo te digo qué debes hacer, eso significa que no te respeto. Sentir lástima por alguien también implica falta de respeto. La lástima no es compasión. Sentir lástima por alguien hace despertar tu lástima hacia ti mismo. Si yo siento lástima por ti, eso significa que no te considero bastante fuerte o inteligente para superar tus problemas. Si tú sientes lástima por mí, entonces no me respetas o no me consideras bastante fuerte o inteligente para superar mis problemas. En cambio, tener compasión es ver que alguien ha caído, ayudarlo a levantarse y luego decir: "Sí. Él o ella pueden salir de esto".

Aun cuando veamos a personas en las peores condiciones, no necesitamos sentir lástima por ellas. Tan sólo debemos observarlas y amarlas. Podemos ayudarlas con nuestra compasión. Una persona siempre puede elegir un sueño nuevo.

Los humanos recobrarán su sentido de responsabilidad. Durante siglos hemos tratado de eludirla y, sin embargo, todo lo que hacemos siempre produce una reacción. No podemos escapar de la ley de causa y efecto. No necesitamos hacernos responsables de los errores de los demás. Podemos dar ayuda y amor, pero no asumir las responsabilidades de otros pues eso fomenta en ellos la ilusión de que evaden su responsabilidad. Y esto incluye a hijos, cónyuge, padres o amigos. Si nos hacemos cargo de sus responsabilidades, ellos se debilitan.

La única responsabilidad en esta vida es buscar nuestra propia felicidad. Para ello no necesitamos conocimiento porque todo lo que requerimos ya se encuentra aquí. El amor de otras personas puede despertar el nuestro, pero es nuestro propio amor lo que nos hace felices. Ese amor es la verdad. Es nuestra libertad. Ese amor transformará el viejo sueño en el nuevo sueño del Cielo en la Tierra.

La mejor manera de aprovechar el cambio que está en proceso es dejar de resistírsele. No estamos aquí para complacer a los demás sino a nosotros mismos. Cuando alineemos nuestro designio con el amor podremos hacer cualquier cosa que queramos. No hay duda de que nos convertiremos en quienes de verdad somos. Y esto ocurrirá con cada uno de nosotros.

Expresa tu belleza

La acción es lo que marca la diferencia en la nueva realidad. El poder está en la acción, no en el sueño. Por medio de tus acciones tienes el poder de cambiar todo. Puedes reclamar la libertad de actuar en nombre de la transformación y expresar tu sueño personal al crear una vida llena de belleza y amor.

Conforme empieces a despertar al nuevo sueño, pregúntate: "¿Qué tan hermosa es mi vida? ¿Cuál es mi designio? ¿Cuánto amo? ¿Qué tan feliz soy?"

Yo te exhorto a ser el artista supremo de tu sueño personal y del sueño del planeta. Hazlos tan hermosos como puedas. Tú eres la luz. Tú eres el amor. Expresa tu belleza con amor.

Gracias por leer mis palabras y permitirme amarte como lo que en verdad eres, una luz conectada al Sol por su rayo personal de luz, un ser que también es Dios.

Te amo.

Don Miguel Ruiz

REGRESO A LA VIDA

Despierto
y nada es igual.
Por primera vez,
abro los ojos,
esos ojos míos a los que creía videntes
y descubro que todo lo que creía cierto
no era sino un falso sueño.

El ángel de la vida
se convirtió en mi sueño y lo transformó
de un drama de temor
a una comedia de alegría.

Sorprendido, pregunté al ángel:
"¿Estoy muerto?"
Respondió:
"Sí, lo has estado durante todos estos años.
Y aunque tu corazón latía,
tu mente dormía en la tumba de la ilusión,
inconsciente de tu divinidad.

"Ahora, con el latir de tu corazón
y el respirar de tu cuerpo,
tu mente ha despertado del infierno.
Y tus ojos, renovados, admiran la belleza que te espera.

"Tu conciencia divina despierta
todo el amor que hay en tu ser.
Has olvidado el odio y el miedo,
y se han ido la culpa y el reproche.
Tu alma perdona,
tu divinidad vive."

Mis ojos, fascinados,
miran al ángel.
Siento que la verdad despierta en mí.

miedo amor miedo

amor miedo amor

miedo amor miedo

amor miedo amor

miedo amor miedo

amor miedo amor

miedo amor miedo

amor miedo amor

miedo amor miedo

Me rindo, dispuesto,
sin condiciones.
Con humildad,
recibo la muerte y la vida.
Al infierno renuncio,
y con ojos nuevos,
veo cómo mi amor eterno ... se va.

Miguel Ángel Ruiz

REFLEXIONES

Cuando el cerebro convierte la energía etérea en palabras habladas y escritas, nos manifestamos en el mundo material que soñamos en nuestra mente.

sueño

En cualquier momento, somos libres de abandonar la pesadilla y soñar el Cielo.

luz

Designio, espíritu, Dios... son nombres para la misma energía. Una propiedad de la energía del designio es que hace posible cualquier cambio o transformación.

La humanidad por fin está lista para dejar la niñez y madurar. Estamos listos para dejar atrás nuestra domesticación.

espíritu

nacimiento

Nos estamos haciendo conscientes de que vivimos en un sueño y lo controlamos.

nacimie

Debemos hacernos conscientes de que estamos dormidos.
Entonces podremos despertar.

nto

despierto

intuición

La intuición implica confiar.
Es conocer sin pensar, sin dudar.

intuici

Cuando todos respetamos el sueño de los demás, no hay conflictos.

ón

amor

¿QUÉ ES LA SIXTH SUN FOUNDATION?

Hace miles de años los toltecas, artistas y científicos, formaron una sociedad para explorar la sabiduría y las prácticas espirituales en la vida cotidiana. Hoy, la sabiduría tolteca es traída a nosotros mediante la guía de don Miguel Ruiz, autor de los libros The Four Agreements, Beyond Fear y Toltec Prophecies. La Sixth Sun Foundation es la organización oficial no lucrativa de don Miguel, la cual comparte esta sabiduría a un costo mínimo por medio de Living The Four Agreements Wisdom Groups, Sixth Sun Membership Program y otros programas para socios.

La dirección electrónica de la Sixth Sun Foundation es: www.sixthsunfoundation.org/sixthsunprograms.html